詩集

吹越《ふっこし》の里で

大塚史朗

土曜美術社出版販売

詩集　吹越の里で＊目次

詩集　吹越の里で

I

かもめ

宮城県松島湾に面して建っている
地下二階　地上八階のホテルに泊まった
二〇一一年三月一一日
大地震による津波のために
大きな災害にあった所だ
たしか翌年の初夏
所ぞくしていた旅行団体の仲間たちと
毎日のように報道されていた地域
ぜひ已れの目で見たいとの要望で出かけた

海ぞいに建つ宿は
地下二階は　すべて浸水
玄関は地上だが　周辺の民家は
すべて流されてしまったという
宿の最上階の部屋から見渡したのは
〈松島〉のいわれのごとく
大・小の松の島ばかり
あまり被害の痕跡は見えない
窓辺に近寄ると
「カモメにエサをあたえないで下さい。キケンです」と大きな張り紙
外を眺めると　数羽のカモメがガラスすれすれに近寄ってくる
禁止されていれば　それを犯したくなるのも
戦中・戦後を生きてきた老人の性《さが》か

窓を少し開けて
テーブルの上にある菓子袋に手を出す
少しずつ投げてみる
たちまち十羽以上も集まって来る
すべてあたえて窓をしめる
翌日　遊覧船に乗った
窓ガラスすれすれ　無数のカモメが群がった
添乗員いわく
「水害のあと　小魚を流されてしまったのか
カモメが獰猛になっている」
「人間はどうか」仲間がたずねる
「全国からの人びとの善意か
みんな優しくなってるよ」

蚕唄回想詩

1　わたしゃ太田

ワタシャ太田　金山育チ
ホカニ木ハナイ　松バカリ

太田は上州では平地で米どころ
ここに蚕唄があるのは
織物の産地の伊勢崎・桐生にはさまれていたので
蚕飼いも盛んだったのか

敗戦まもなくの頃
村々では「演芸会」というのが　あちこち開かれた
我が家の本家すじ　父の姉の稼ぎ先の敷地に
「大久保青年会事務所」があった
その建物と庭が会場
数々の催し物が開かれた
父のいない一家四人
戦前・戦後しばらく同居していた
五歳上の娘
同級生四人で
どじょうすくいの唄をうたい　おどりをおどった
父のいない人二人　母のない人一人　もう一人は知らない
それぞれ　嫁いでからもあまり幸せでなかった生涯だったが

彼女たちはとても仲が良かった
お互いに助け合っていた姿は知っていた
離れて住んでいたが
我が家に出かけて来た時
私の車で　それぞれの家まで何度か送迎した
道々　娘の頃の
元気で踊っていた　紅い腰巻姿と素足の足先きを
目に浮かべながら

2　来てみりゃ沼田は

沼田沼田トハ良イケレド
来テ見リャ沼田ハ山ノ中

沼田の城址公園
「名物　大きな鐘楼の下に　千日草が花盛り」
上毛新聞に写真つきで掲載された
花好きのかみさんが
是非見に行きたい　との要望で出かけた
道々　桜の名所で道草をしてたので
公園内を散策してたらお昼どき
食事どころを探した

街中にはあるだろう
駐車場もあるところ
ＪＡの小さな農産物直売所の看板が見えたので止めた
五台ばかり　買い物客にかぎりますの立札　しかも二十分ほど
食べ物は　菓子パンぐらいしかないとのこと
しかたがないので　アンパンをかじりながら探した
ソバ・ラーメン処の看板が見えたので
車を止めた　一台ぎりぎり
ラーメン二つを注文したが
主人はなかなか調理場に入らない
男三人で　盛んに議論をしている
近く市長か議員の選挙があるらしい
奥さんにうながされて支度を始めた

「その味」は
とても前橋や高崎では商売にならないだろう
かみさんと二人で車内でぼやく
やはり沼田は山の中のまち
十年くらい前のことだったか——

3　帰るときは

ホレテ通エバ千里モ一里
帰ルトキハ又千里

いくらほれた人のもとでも　千里は遠い
〈白髪三千丈〉とうたった中国大陸から伝わってきた
文化だと思えば納得

はたちを過ぎてまもなくだ
青年会の仲間たちと　草津温泉に出かけた
湯畑に近いお寺などを散策していると
三人連れの娘と出会った　こちらも三人
話しかけたのは　手足が日焼けしている

農家育ちと思ったからか
一人は村の体育祭で　砲丸投げが一位
もう一人は　走り幅跳びが一位　バレーボールの選手だという
瞳ぱっちり　色白の娘は
文化祭で上演した劇のヒロイン
その演目は　私が演出したものと同じ
住所は　高校を卒業した年に
自転車で出かけた　県の史跡に認定されたばかりの
多野郡の〈多胡碑〉の近くだという

色白娘がバッグから小さな手帳を出し
私に住所と氏名を書いた紙切れをくれた
同行者の一人が　素早く自分のポケットに入れた

その年の忘年会の時　そっと伝えた
自転車にエンジンを取り付けた
はやり始めたバイクを買った
高崎から二倍ぐらいあった道のりを
二人で出かけてみたという
突然の訪問だったが、三人集って
家族そろって歓迎してくれたという

大根が軒にすだれのように干してあった
むしろに取り入れたトウガラシが五つぐらい
土間には米俵が沢山積んであったが
家はみんな小さい
養蚕農家集落の我が村は
〈四間八《よまはち》〉*の家屋が普通

帰りは北風が強くなった
おまけにふっこしい（風花）に襲われた
高崎で　飲み屋で焼酎を引っかけたが
寒さは逃げない
渋川までの真っ直ぐな電車道
帰宅してみたら　全身衣服はこちこち

〈帰るときも又千里〉
二度と出かけることはなかったという

＊　四間八《よまはち》＝間口八間奥行四間

死に神

死に神は
空気というのかも知れない
目に見えない
風潮でも　世の流れでも
あるいは主義とでも
支配階級からの命令とでも
言えることは
いつも民衆を苦しめていた
（かつての記憶）

死に神が近寄ってくる
二〇二〇年の冬の終りごろから
それは世界中　まんべんなく
襲ってきたコロナウイルス感冒とやら
(これは自然現象のように)
老齢者と持病を持つ者に特に近づく
八十五歳になる私にはすべて当てはまる
マスクをする　手洗い　なるべく戸外に出ない
ようするに引きこもること

農を離れ
毎日書斎に入りびたっているので
特に苦痛とは思っていないが

世に出て　人にふれ
ものを作り　それを売ったり
学び　あるいは遊びなどに熱中する人々の
苦しみ　悲しみ　わびしさが偲ばれてくる

毎日報道されてくる映像や文字には
いつしか関心がうすくなるのは
外部からのつながりの少ない
老人だからか
それでも外出時には　マスクを着け
帰宅時は手を洗い
なかなか立ち去ろうとしない　死に神が
時々　背後からせまってくる夢に
冷汗出しながら

灯籠

我が家の庭先に石の灯籠が二つある
玄関の東の坪山の東方
道をへだてて松の木の下にも
これは家のうしろにあったのを移動した
父と妻と三人で　ミゼット*に乗せて

あまり乗り気がしてなかったのだろう
上の傘を上げる時
胸の肋骨を傷めた

「仕事はいやいやしてたらケガをする」
とがめることなどなかった父が忠告した
接骨院がよいをしばらくした

灯籠の北がわは四角
障子紙を張り　ローソクをともして
お月見をしていた終戦の年の秋
祖父は一人で紙と筆を持って縁側に座る
俳句か歌を残したはずだが
現存してない

自称「野の考古学者」だとうそぶいていたが
敗戦の翌年十一月二十日に亡くなっている
十歳の私が裏のつるべ井戸から汲んでやったのが

末期の水だ

終戦告知の日の真昼
近所の人たちが玄関から入った縁台に集っていた
「どうして負けたんだんべえのう」
一人の男が何度もつぶやいている
祖父は何も言わなかったが
その夜　ドブロク飲みながら語った
「神風が吹くとか　あまてらすおおみかみとか
東京からの学者はうそっぱち
日本は負けるのに定っていた」

時々灯籠をながめていると
七十五年も前に別れた

祖父は　まだ生きている

＊ミゼット＝小型三輪自動車

空耳

「ただ今」　と声がしたので目覚めた
誰だろう　聞き覚えがない
弟たちの声ではない　二人の娘婿でもない
そうか　空耳だったのか

〈空〉　とは　中に何もないこと
上州名物　〈空っ風〉　や
お前の頭は　〈空っぽ〉　か
財布の中は　〈空っぽ〉　とか

そらの意味を考えていたら
すーうと　遠い日の光景が浮ぶ

半世紀以上も前のこと
複数の村の女たちが語った
夜中「ただ今」の声で目覚めたのさ
戦場で亡くなった
〈あととり息子〉や〈夫〉の声

そして　次のような唄を口にした
〈すととん　すととんと　戸をたたく
主さん来たかと　出て見れば
空吹く風にだまされた
主さん　すととんと　帰りゃせん　すととん　すととん〉

空耳の声で目覚めたら
彼女たちが聞いたという
「ただ今」の　声が侵入してくる

胤《たね》

「○○ちゃんちの倅かい
あそこんちはタネが良いから
背も高く丈夫そうだ」
「○○さんちの娘かい
あそこんちはハタケがいいから
娘もきりょうよし」
一昔前の百姓たちの会話では
タネは男　ハタケは母親
通常　それで通じていた

現在ではタネは胤という字

ハタケは母体
そう書かなければ通用しない
日本では　長い間農耕民族として
生存継承してきたからだろう

胤という字が
血統を受け継ぐものだとして
大人になってから教わってきたから
植物や動物の種子と違って
人間だけに通じているのは
武家社会からの伝統言葉ではないか

人だって動植物と同類
タネは種子で男
ハタケは大地で女
それでいいんだ

水沢山から初日を見る

昭和三十五年の大晦日の晩
水沢山に近い青年団員の家に泊って
翌日　頂上から日の出を見た
二つ下の女子が五人ほど　男子も五人
同じ家で過ごした
私は団員ではなかったが
団長だった親友に頼まれて
「用心棒として同行してくれ」という

大きなコタツに入って車座になって寝た
男は私一人　他の男子たちは隣部屋で過ごしてもらった
四時過ぎたので　皆を起して出発
水沢寺まで一時間ほど
山頂までも一時間
女子たちは　キャーキャー声をたてながら登った
手を引っぱってもらったり　腰を押して登る場所もある
山頂近くには　渋川高校の生徒たちが多数
渋川駅から寝ないで歩いてきたという

後年　同行した女性が語った
「青春時代　一番楽しかった思い出でしたよ」と

星を見る

九歳の時　前橋空襲で家が焼かれた
防火用水の水を全身にかぶり　水を飲んで助かったという
中学を卒業すると　昼間は働き
前橋工業高校を卒業し　印刷会社で植字工で働いていた

詩を書くことを覚え
『前橋空襲のころ』という詩集を出した
出版記念会は　地域の小さな公民館で行った
私は車で出かけたので　酒は飲まない

隣に座って親しく言葉を交した

丸焼けになり　掘建て小屋にしばらく住んでいたが
楽しみは「星を見ること」だったという
現在では　街はネオンや外灯で星はあまり良く見えないという
「オオツカさんの家からでは見えるかい」
「家《うち》の前は田んぼ　その前は我が家の山林」
「晩秋蚕でも終了したら　星を見に来たら」

その後の記憶がないのは
会社を退職してからまもなく
彼がガンで亡くなったからだ
当時住んでいた藤岡市の斎場で
文学友達では初めての

弔辞を読んだのだ

高木繁氏追悼

Ⅱ

青桐

国民学校（小学校）の西と東の隅に
大きなあおぎりの木があった
西のそばには〈忠霊塔〉と運動具小屋
東の木の下はすもう場　そこは少し高くなっていただけ
その南には〈ろく木《ぼく》〉と〈竹のぼり〉と〈鉄棒〉が幾つか
そばに〈旋回壕〉を掘ったのは　戦争が烈しくなってから
「神風特攻隊」養成のためだったとか

青森から来た「青葉隊」の兵隊が駐屯したので

後ろの三教室の他　四部屋が接収されたので
高等二年の生徒たちは
一時　お寺や民家を借りていた

学校生活は　軍人養成に近い教育なので
あまり楽しい記憶はなかったが
青桐の木の下に来るとほっとする
夏には葉の中に小さな玉がなる
それが落下すると急いで拾う
持ち帰って　前の小川で遊ぶ
浮かべてみると　すぐに転覆してしまうのだが
それでも上流に運び流してみる
「我が戦艦も沈没せり　ツートト　ツートト」と
電信信号の真似をして

青桐がいつ切られてしまったのか
私の娘が学んでいた頃
子供会の地域の役員をしていて
ソフトボールの練習を手伝っていた時は見えなかった
青桐が生徒たちのなぐさめの木では
すでに必要なかったのだろう

学校出

「あそこんちの母ちゃんは女学校出だ」
「やつんちの父ちゃんは中学校出だ」
小学校の何年ぐらいまでだったろう
一年に一回ぐらい　父兄参観という日があった
授業中の生徒のうしろに立って観察する
先生は　勉強が出来て　はきはき返答する人を指さして
良く学び　学力があるんだと披露するのだ
出かけて来るのは母ちゃんが多かったが
何故か父兄会と言っていた

そんな時　生徒たちが交していた言葉だ

私の学んだ学校では
女学校出の母ちゃんや
中学校出の父ちゃんは少なかったが
そんな親を持つ人は
勉強が出来る生徒が多かった

我が家の両親は高等科二年卒業のみ
百姓家《や》なので
丈夫で働き者ならいいんだと思っていたんだろう
私もご要望通りに生きて
八十六歳になっている

寝床の中で　つらつら回想している
学校出の親を持った人も
持たなかった生徒も
成人式を過ぎたら　まもなく
みんな忘れて　酒酌み交わしていた
〈学校出〉があまり自慢できる時代では
なかったからだ
大学出のおえらいお方の道に反する行いが
マスコミなどで頻繁に伝わっていたので

山高帽

国民学校一年生の担任は
〈オコノギモンヤ〉先生だ
三ヶ月前に「大東亜戦争」が開始
翌年から　先生は学校に来なくなった
祖父と父は語った
「戦争がなければ校長になれた」
父の同級生だったお寺の倅も学校の先生をしていた
大学の同級生から本をあずかっていた
〈特高〉とやらの役人が来て

この人も学校をやめさせられた
と　後年本人から聞いた

高校一年の時　友と二人
前橋公園の近くを通っていると
山高帽にステッキ　背を伸ばしさっそうと歩いている人
「オコノギせんせいだ」
声をかけると驚いたので
「駒寄国民学校一年」の時の教え子だと告げる

近くの製糸工場の女工さんや
夜学生に英語を教えているという
「早く帰って　家の手伝いをしな」
山高帽にステッキ

学校に居た時より
ずっと若々しく元気だな
と友と語った

十九げえ

ほら見てみろよ
腰に〈キザミタバコ入れ〉ぶら下げて
ワニ足に高ゲタはいて
小石けとばしながら　街に出かけるのに駅まで急ぐ
まあなんと　十九げえになったもんよ

ついこの間まで　青っぱなたらし
着物の両袖ピカピカしていて
ハラヘッター　おっかちゃんとわめいていたのに

来年は兵隊げんさ
一銭五厘のアカガミがくりゃ
戦地に行かなけりゃなんねえ

十九げえとは　男の一人前になった証
一人息子なんだから
戦死したら　我が家は絶える
早く嫁っ子もらって
子づくりに励まさなけりゃ
十九げえになったと
喜こんでばかりいがねえ
急がし　急がし

山羊

学校から帰ったら
「山羊を　かけおすやに連れて行け」
朝から鳴き声が違っていたのだ
父が行けばいいのにと思っていたが
何故か中学生の私に押し付ける

男が十五歳ぐらいになると
「それを行うのが　昔っからの役目」
これは隣のおじいさんからの教え

人間も動物も　種を残すものとして
大地に種子を下すと　植物は芽生え大きく育つ
人間も動物も
異なる処にタネを下すと　同じ種が誕生
この　実を知らしめるために
大人たちは　少年になると実感させるのか
後年に納得するのだが
「山羊を　そのところに連れて行け」
と命令して

頬杖

頬杖を行っていたのはいつの時だろう
高校生の頃にそんな経験がある
退屈な授業だったのか
青年になってからも　会議中そんな時があった

八十六歳になった今日
読書をしながら行っている
頭を支えるのが楽だからだ

少し眠気がしてくる
コロナ禍とやらで
外出するのを自粛して　一年以上もたつ
「お父さんは遊び上手だから
退屈したことはないでしょう」
かみさんが時々言う

彼女だって
あまり動こうとしない男の世話に
明け暮れしていたので
食卓やコタツ板の上で
頬杖をついていたのを見たこともなく
六十年近くなる

頬杖をしてペンを動かしていたら
ノート一頁が埋ってしまった
そんな行為をあまりしないで過ごしてきたのは
幸せな生涯だったと　思うことにする

ギャンブル王国

縞の合羽を着て　腰には長わき差し
我が村の街道を通っていた人たちがいた
バクチ打ちの親分の家で一夜を借りた
多分　明治という時代の前のこと

今から五十年ほど前
郷土史編纂委員の一人として
〈親方〉といわれていた人の家を
訪ねたことがある

街道に面した東は広い玄関
南の細い道にも入口　勝手口の北にも出入口
西の板戸からも家人は出られる
低い二階がバクチ場
下屋の屋根から飛び下りればすぐに出られる
北と西は一面桑畑
「まもなく取りこわすのだ」と家人は言った

いにしえの旅人にまつわる人の話は多く伝わっていた
みんな末路は悲しい物語
だが　伝統を継ぐ人たちが多かったのか
上州は　ギャンブル王国と言われた
ケイリン・ケイバ・オート・キョウテイ

そしてパチンコ
それらのことは　みんな経験がないから知らないが
わびしい末路は多く伝わっている

近年　高速道路や商業施設で
高額の土地代金が入った話は伝わってきたが
それほど豊かなくらしになった
ことは伝わっていないのは
一攫千金が入っても
生涯　えびす顔で通すことが出来なかったのか
「バクチウチ」の末路がたどったごとく

半円径

音は大地を平面にして
円径に伝わっている
蟬のなき声を聞きながら
半分　ぼんやり思考している

八十五歳にもなると
時々　夢だか現実だか曖昧になることがある
認知症研究の専門だった人が
認知症になった人のテレビ放送を見た

最終にはどうなったか知らせなかったが
「本人の行く末がどうなるか　知らないので幸せ」だという

母は九十七歳　義母も同年まで生きたが
晩年になったら　明らかに少しずつ
いわゆる　痴呆になっていた
それでも人物判断は出来たようで
老人介護施設に入っていた時
毎月訪ねると
「忙しいんだから来なくてもいいよ」と言う
「金を持ってくるんだ」と伝える
妻が出かけると
背や足をさすっているので　一時間近くいるのに
「もう帰るんかい」という

義母も同年まで生きて　施設に入っていた時
千葉県の浦安市に住む大学生だった孫が会いに訪ねると
「男のひ孫さんが来てくれるなんて　今までに初めてですよ」
年配の介護師さんが伝えると
「うん　うん」と頭を上下してたが
視線は遠くを見つめたままだった

蟬の声を聞きながら　ロッキングチェアで体をゆすっていると
いつしか　半分ぐらい意識がなくなっているらしい
蟬のなき声だか
遠い日の母たちの声だったか
半分ずつぐらいの察知だ
正に半円径の伝達だったのか

誰何《すいか》

所属している会員が
詩集を刊行すると
作者を呼んで　前橋の会場で
お祝いと合評会を開いた
遠方からの人なので　私の家に泊めた
真夏の時だろう　家で作ったスイカを切った
ほおばりながら男は語った

二十九歳のころ　中国戦線に出かけた時

戦いに明け暮れしていた夜間のこと
二人で歩哨に立っていた　いや草の上に座していた
人影が見えた
「すいか」　小声で叫んだ
返答がない　少し声を大きくした
無音だ
思わず　小銃の引きがねを引いた
「ギャー　やられたー」　の叫び
近寄ると同僚のK
「大腿部貫通銃創」　大便をしていたという
先日の戦いで　かなり難聴になっていたらしい
彼はこれを機に
後方戦線にまわされた

あの時から二十五年ほどたつが
夜半　「すいか」と叫んで　目覚めることがあるという
集会のあと　我が家で
持参してきた　ウイスキーの小ビンを
二人で空っぽにしたのだ

関文八氏を偲んで

Ⅲ

新しい年に

前方に松飾りを付けたバスが通る
知りあいの乗客が手をふっている
みかん箱を二つのせた一輪車を押して歩く
そのような光景の詩を書いたのは
半世紀も前のこと

都会で暮らす二人の弟が家族を連れて来る
県内に住む妹　両親や妻や子どもたち
コタツ囲んで　カルタ会や談笑していた光景は

昨夜の夢の中だった

二〇二一年のお正月
コロナ禍のため
集落の新年会は中止
遠方からの客たちの来訪もない
妻と二人だけで過ごしたのは　六十年ぶりの体験か

年末に出しそびれた手紙を
ポストまで歩く往還
門松や国旗など立てている家は見えない
子どものいる家もあるのに
人影は見えない
そういえば　羽根突きや竹馬や凧揚げの姿も見えない

時代が変われば
人々の暮らしも変わる

誕生月がくれば　八十六歳になる
米寿まであと二年
ずい分生きたものだなあー
つぶやきながら　書斎に入り
新年　初めての詩を綴る

とどかない場所

我が町の東に流れる利根川は
急な坂道を下った所
子どもの頃の夏休みには
晴天の日は毎日通った

水泳ぎエリアの北に
めったに出かけない〈古用水〉という所があった
両側は葦の群生　ゆるやかな流れ
そこにはいつも大きな鯉の姿が見えた

「あそこの魚は取ってはならぬ」
「つかまえた人は何人か死んでいる」
時々見廻っていた水番が諭す

「あそこは　はらみ女が浮かんでいた」
「あそこで　兵役前の青年が死んだ」
「すぐそばの用水で　父の遊び仲間が亡くなった」
伝承に　いつも聞き耳立てていた十歳の私

妻との散歩道として通っていたのは数年前まで
夏は涼しく　冬は暖かい
行く先は吉岡温泉
毎年　ただ券を町からいただくが
使用することは少ない

二人共　昼間っから温泉につかるのは好まない
働き通した生涯だったのか

昨夜　古用水の鯉をつかまえようとした夢を見る
棒切れを水面に挿し込んでも底にとどかない
少年の時の真夏の昼下り
ひんやりとした空気が背に流れる

〈とどかない川床〉
今でもとどかない所を探している
八十五歳になる
己を見つめて目覚める

書き入れと掻き入れ

野菜の収穫に
〈今が書き入れ時〉との新聞記事に目を止めて
妻が疑問に思ってたずねたので
さっそく辞書を開く

〈もうかる時間で書き入れどきで忙がしい〉
〈今が一番書き入れで稼ぎどき〉とかで
「掻き入れ時は誤り」とある

長い間　農にたずさわって来て
収穫物を　両手両足体全体《からだ》で抱え込んできたので
〈掻き入れ〉と書くのだと思っていた

物の収穫記載に「書き入れ」と記すのは
はるか昔から伝わっていたのだ
支配者が　農民らから収穫物を収めさせた時
木簡や紙に記載するのに
「書き入れ」と記したのだろう

だから金銭の集めどきも
農産物でも　「書き入れ」と書き
「掻き入れは誤り」と
今でも辞書に記されている

ボケーとしている

玄関横のテラスの下の椅子に腰かけ
雲の流れを見つめている　春先
ボケーとして

あと三日ほどで八十六歳になる
小・中・高校と　一緒に学んだあるいは遊んだ仲間たちは
ほとんど　あの世に行ってしまった
そこからは　もどって来た人はいないんだから
誰も知らないはずなのに

昔から　知ったかぶりをしていた人がいたのだろう
天国や地獄とか　手を合せとか頭を下げろとか
賽銭を上げるとか　伝えられてきた

昨今　コロナウイルスとかの
化け物みたいなヤツには
世界中が苦しまされている
子どもの時
〈地震・雷・火事・親爺〉が
怖いものだと教わってきたが
もっと恐ろしいものは
「戦争」だったよな
〈何故かあまり怖がらないものとして〉

手を洗い　手を合せ　なるべく家にとじこもっているのが一番だと
おえらい方々は　おっしゃっている
ボケーが惚けにならなければと念じながら
今日も　雲と遊んでいるのさ

立つ

腹が立つ　噂が立つ　告げに立つ（死者の）
煙が立つ　波が立つ　弁が立つ　舞台に立つ
旅に立つ　パリに立つ　立候補に立つ　戦地に立つ
拾って見たら　人はいろんなものに立っていたんだな
パリや戦場には立たなかったし
弁や正義にも立たなかった生涯だったが
旅や舞台に立ったことは何度かある

このごろ腹の立つこと　あまりにも沢山あるのだが

感度がにぶくなり　何の言葉も探せないのは
老化のせいだろうか
結果としては
ますます腹がせり出してきた
〈オトコ〉も立たなくなったと
臆面もなく書きたすのは
美しくもない詩も生み出したくなる
〈へそまがり詩人〉のせいだろう

美しいものとか　せつない恋心とか
ふるい立ちたくなるような詩を残してきたのは
古今東西　有名詩人の生き方だが
常套手段から外れた詩だって
残したっていいだろう

しばらく椅子に腰かけたまま
立つことを忘れていると
「お昼ごはんですよ」
かみさんの尖った声が流れてきたので
おもむろに　立つことにした

はな（華）

「オレの生涯で　あの頃が一番はなだったよ」
腎臓を病んでいた　近所の人が言った
どうやら　末期の診断だったらしい
生前に　会いたい友を訪問しているという
あのころとは　〈農業委員〉に在任中のころだ
私が　次の方として推薦した人だ
〈はな〉とは　はなやかだったということか

私の在任中

町の山林地帯に　ゴルフ場や産廃場の導入に反対して
友人たちと阻止運動をしていたら
計画地に重機まで持ち込んだのに
時の流れか一斉に撤退してしまった時だ
後で解ったことだが
国会議員や県議まで　後ろで手を伸ばしていたとの噂

もし進行していたら
多くの地権者は紙切れだけをつかまされていたことになる
導入を推進した　おえらいさん達は
どうなっていただろう

すべて時代の流れのなさることだったろうが
たまたま委員在任中だったので

阻止になったことの
いくらかの己の功績だということを披露したかったのか

適当に　あいづちをしただけだったが
もっと評価してやってても良かったな　と
当時の日記に記されていた
なにしろ　一人の男の生涯の
一番はなだったというのだ

泳法

国民学校（小学）が夏休みのころ
前の小川で水泳ぎをした
水深が少なかったので　小石を拾って堰き止める
少し上手になると　一キロぐらい歩いて
利根川の浅瀬で習い
その後　水深二メートル横幅は四メートルほどの
「天狗岩用水*」で泳ぐ

流れに身をまかせ　抜き手泳ぎが定番

平泳ぎも背泳ぎもするが
まもなく〈寝かさ泳ぎ〉
仰向けになって　目と口と鼻を上にして
手も足も動かさない
ただ浮いているだけ　流されているだけ

「太平洋戦争」で　軍艦が沈没して
海にほうり出されても
この泳法で助かった人がいた
中学二年の担任の先生だ
高崎の〈遠藤部隊〉の生き残り
少し悪ふざけをしてもしからない
だが時々語る
「水泳ぎだけは覚えておけ　しかも寝かさ泳ぎ」

後年　近所の子どもたちと
新潟の柏崎海水浴場に出かけた時
この泳法を行ってみた
一緒に出かけた仲間が何人か
急いで近寄り　どうしたんだと叫ぶ
「寝かさ泳ぎをやってみたんだ」と
怪訝な顔付きをし
そんな泳法　今では誰も知らないと言う

＊　四百年以上も前に開削された灌漑用水

あの世への道

夢の中で　あの世へ行く道は
いつも　何故か我が家のうしろから
西方に向って歩いている
墓地は　真南の方面なのに

祖父は　一九四六（昭21）年
祖母は　一九六九（昭44）年
慣例にしたがって
一旦　東方の県道の往還に出て

しばらく歩いて
ゆっくりと　遠回りをして見送った
竹製の花かごや花飾りと一緒に
集落の人々に　葬列を見送りさせるためだったのか

父は前橋の斎場に霊柩車で行った
母は三十二年もたってから
近所の人たちは道路端で送った

そろそろ　私もあの世とやらに出かけるのだが
夢の中のよう　歩いて行くことないはずなのに
思いはいつも歩いているのは
八十五年も生きてきた
少々　のんびりやの生涯だったんか

あとがき

　朝食をすませ、テレビの前に座り、九時を過ぎると家の前の書斎に入る。二〇〇六年まで蚕飼いをしていた所だ。十坪の書庫、二十五坪の場所、そこで毎日のように読書や物書きで一日を過ごす。したがって世界中が辛苦にあえいでいる〈コロナ禍〉の影響は少ない。何しろ世を挙げて進めている引きこもりを実行しているからだ。かくして土曜美術社出版販売さんが募集していた詩集出版に参加した。

　詩を書く仲間に、自作の詩を暗唱していた人がいた。一字一句、何度も推敲して書いているので、全文頭に入っているのだそうだ。ふりかえってみたら、私は一篇の作品も暗唱など出来ない。人はそれぞれ個性があるのだと思っているが、詩に向かう姿勢が弱いのかも知れない。だから多作なのだろうか。

この本が出る頃は八十六歳になる。あと四年で九十、百歳までだって十四年。これから何年、詩らしきものを生み、出版までこぎ付けるのか、このごろその思いは強い。ボケないで、一篇でも多く書き残そう。かくしてこの書を誕生させた。

ほとんどの作品が、原稿用紙に書いたままなので、出版社に大いにお世話になってしまった。改めてお礼申し上げます。ありがとうございました。

大塚史朗

二〇二一年四月五日

著者略歴

大塚史朗（おおつか・しろう）

一九三五年五月二十一日　群馬県群馬郡駒寄村生まれ。

「詩人会議」「群馬詩人会議」「群馬ペンクラブ」会員。

「夜明け」（群馬詩人会議）編集発行人。

著　書　民話集『女塚物語』（上州榛名東麓の民話）、小説集『屋敷稲荷』、『大塚史朗詩選一八五篇』、詩集『産土風景』他二十五冊。

現住所　〒三七〇―三六〇二　群馬県北群馬郡吉岡町大久保一八二七
電話　〇二七九―五四―二八四八

詩集 吹越《ふっこし》の里《さと》で

発行 二〇二一年六月三十日

著者 大塚史朗

装丁 直井和夫

発行者 高木祐子

発行所 土曜美術社出版販売

〒162-0813 東京都新宿区東五軒町三―一〇

電話 〇三―五二二九―〇七三〇

FAX 〇三―五二二九―〇七三二

振替 〇〇一六〇―九―七五六九〇九

印刷・製本 モリモト印刷

ISBN978-4-8120-2629-8 C0092